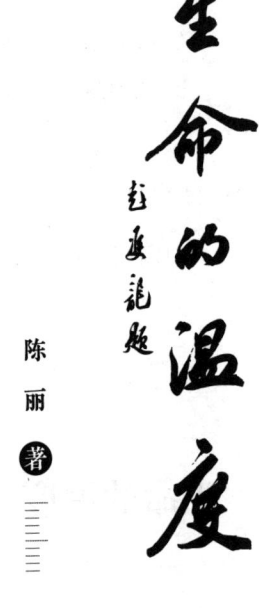

生命的温度

陈 丽 著

The temperature
of life

文匯出版社

图书在版编目(CIP)数据

生命的温度 / 陈丽著. -- 上海：文汇出版社，2018.6
ISBN 978-7-5496-2648-9

Ⅰ. ①生… Ⅱ. ①陈… Ⅲ. ①诗集-中国-当代
Ⅳ. ①I227

中国版本图书馆 CIP 数据核字(2018)第 138796 号

生命的温度

著　　者 / 陈　丽
责任编辑 / 紫　田
出版策划 / 力扬文化

出版发行 / **文匯**出版社
　　　　　上海市威海路 755 号
　　　　　（邮政编码 200041）
印刷装订 / 成都勤德印务有限公司
版　　次 / 2018 年 7 月第 1 版
印　　次 / 2018 年 7 月第 1 次印刷
开　　本 / 880×1230　1/32
字　　数 / 120 千
印　　张 / 6

ISBN 978-7-5496-2648-9
定　　价 / 28.00 元

感谢生活

深圳，这个城市很年轻。但走在繁花锦簇、青春盎然的街道上，却无法轻松。人们行色匆匆，无暇顾及擦肩而过的你、我、他。

与陈丽相识是个偶然，一面之交。朋友说，陈丽是位女老板，见时还有夫君伴随左右。深圳的酒局文化很普遍，一桌高朋，官员老板高管各色人等，看似闲聊，看似热情似火，交换名片后大多酒过三巡相忘江湖。

这桌酒席是老朋友王晓辉张罗的，我来深圳小憩，他呼朋唤友真诚款待，他唤来了陈丽夫妇。陈丽的到来使这桌酒席变得味道不比寻常，因为她不仅仅是万年红控股有限公司的董事长，还是诗人。给我极深印象的是她一脸童真稚气的笑，很惊奇商海摸爬滚打并没有剥夺她的纯真与质朴。她听说我是《中国作家》的副主编，曾任《诗刊》社副社长，一脸的崇拜看去就是一个情窦初开的小姑娘。在深圳难得看到对文学对诗歌充满渴望的表情，这物欲横流的世界，有谁还肯花时间不谈经济效益谈诗歌呢？即使是谈起也不过是附庸风雅而已。

《生命的温度》书稿寄给我后，我很愧疚于对商人的偏

1

见，陈丽女士对诗歌的热爱而倾注的心血，让我钦佩、让我敬重。她凝练、清新的诗句，让我想起雨打芭蕉的那种如敲打在心上的雨滴。她沉静而温暖的理解生活，理解生活中的一切如悲欢如思念如感恩……

她是小情怀大智慧的女人，她用诗歌诠释了自己的精神世界，她用诗歌经营着自己的商业帝国。所以她能够在枯燥、血拼的商业竞争中滋润地活着，活出一种方式，这种方式不可复制。如同她的诗歌中对生活的感悟，对生活的触摸，那种温度是她散发出来的，她在这个属于自己的世界里滋养着自己。

陈丽女士无论在商界、在诗歌界所赢得的尊敬都是值得的。应该感谢生活，在某一个普通的日子、某一个普通场合结识了那么不普通的她，有幸拜读了她的诗集，有幸和她一道感受生命的温度，写下浅显的文字，是为序。

王青风
《中国作家》副主编
曾任《诗刊》社副社长
2018/2/22 于晋

目录 CONTENTS

1

生命的温度

繁花尽开的故事
如天边闪烁的星星
如影随形

心照不宣的共鸣
我们走在自己的路上
用柔婉细腻的声音
慢品细读着这个
只属于自己眼底的风景

简单、纯洁
坚柔、自然
遥相呼应着昨天的记忆
引导我沉浸在燕唱春声的意境
对生命迸发出浓浓的眷恋

真切的感染
由远而近

在会心的感悟里
握紧双手
用彼此的呼吸把沿途照亮

生命的温度
它隐藏在弯曲的时光

轻谈浅唱

趁着我

不注意的时候

桂花

已悄悄酿成琼浆

迷蒙的双眼

枕于意境清幽的温婉

轻谈浅唱

这超脱的优雅

黎明姗姗来迟

星罗棋布的思绪

惧怕流年

轮回在黑与白之间替换

汗珠叩开了星星的花蕾

推陈出新的精彩

震慑了

午夜霓虹的妖娆

世界豁然开朗
那只淡紫色的酒杯
装载着金黄色的上弦月
炙热了我的唇

思　念

我愿意把思念
洒进这条潺潺的小河
在静静的月夜
默驻在小河旁边

凝视着用我的思念
铸成的　难忘的影像
把我的心
升华在高远的星空

天上闪烁的星星
把我的心
缀成你最喜爱的淡雅素衣
披在你的肩上
轻吻着你
安慰着你
温暖着你

我的灵魂使

闪动着优雅的翅膀

翱翔在这　用思念连接的天空

在晨光中迎接朝霞

去照探

那略带羞涩的喜悦

和那　清逸脱俗的美

回 眸

你回眸的一笑
柔情似水
心灵深处的那首歌
共鸣的礼花绽放在生命里游唱

一个诚挚的微笑
转化了心灵故事的哀乐
如诗的佳句
胜过了雷声般虚张声势的狂风暴雨

纵然你
寂静悄然穿行在长街大道的车水马龙
我依然
闻到行间里透出含蓄吐露的独特芬芳

无声的语言
恰似有声的音乐
颤抖的双手

在音色凌乱的时候拉响了琴弦

不期而遇的相逢
刻画出眉宇间起跌荡漾的春风
那个心照不宣的手势
是萦绕赞叹的久久回音

木棉心语

再往前一步
恰好牵上春天的手
若有胸口的心跳在呼唤
必是木棉的恩宠

伊人言
吾为君子而绽
吾为英雄而欢

不动声色地在炽热
搅拌了所有郁郁的寥落
万有引力的垂坠
是渴望结实的灵魂

星星洒在发梢上
锋利轮盘旋转着
献给旧时光的木棉
为谁礼赞？

女　人

女人
像一首小诗
如诗的女人
满腹里有永远也写不完的小秘密

女人
像一朵小花
如花的女人
晨雾里向大地吐露着透骨的清丽

女人
像一滴甘露
如露的女人
阳光中娇弱却显现出无瑕的透明

女人
像一朵白云
如云的女人

把冉冉的浩瀚编织成漂亮的彩衣

女人
用柔如朝阳的心
解冻着千年冰封的凝珠

女人
用细如蚕丝的心
打开了闭锁心中苦寒的结

女人
用圆润无力的手
耕耘着绚烂多姿的芳草地
用白玉纤纤的指
烹饪着春夏秋冬的气息

女人　如花朵般娇艳
女人　似白云般高洁
她用一颦一笑砚墨
用快乐和惬意
写满了　茵红的日记

同桌·发小

长方形的书桌上
你用老死不相往来的厌恶
我用叽叽歪歪的叨叨
即使用尽全身的力气
即使把手中的白粉笔压断
再捡起
也要清晰地拖画出
那条用五指尺码度量
足够明显的"三八"界线

我骂你　你恼我
你打我　我惊恐
闪躲你的日子
有无助　有委屈
有怒火
燃点着每天的烦恼
一会低　一会高
是老师也无法调熄的火苗

但老师们却不知道
有时候的你我
数着数字　比画着大小
你一口　我一口
啃咬着同一个苹果
馋眼翘望
你手中那半截
快要融化的雪糕

时光如白驹过隙
今天的你
头上有了白发
今天的我
眼角有了皱纹
辗转于南北西东
奔走在迥然不同的大街小巷
却用相同的语气
叙述着浓稠的乡音不改
召唤着当天的火苗

一个失散多年的心跳
在升温　在燃烧
越来越热的温度
拨动着车轮滚滚
在急盼中寻找

你那张　气急鼓鼓的脸蛋
我那双　快要喷火的眼睛
还有那条
因羞涩而退去的"三八"界线

南北西东的纠结
被万顷碧波的牵挂打开
围坐沙滩的那个晚上
我们借着月亮的高度一起窥视
那个　当天你不让别人触碰的秘密
一张遗失已久的小纸条

纸条上
密密麻麻地排列着
你给我取的绰号

呐　喊

东风从深圳咆哮而来
老人画了一个繁华的圈
南海边上　春天的号角已吹响

左牵朝晖　右擎苍穹
瀚海的逶迤抖擞着磅礴
大鹏　展开了翱翔的翅膀
过尽千帆洗礼
闪耀出万丈的光芒

根植在商贾灵魂里的敢闯敢拼
鼎沸的声势里汗涔涔
为了直取碧霄的梦想
呐喊起深圳人蓬勃的力量

相同的心声

时间的飞轮在转动
每一个晨曦从这里升起
一支相熟的乐曲里
奏着一个
相同的心声

伴随着万丈激情凝于胸怀
牵来阳光
引来了雨露和甘霖
倾洒于这片热土
迸出更多的新枝绿芽

阳光变幻的影子里
真诚着　虔诚着
点亮那一豆灯火
开落成世界上最美的花
闪耀出许多惊鸿的眼眸

学会放弃

学会放弃

在转身的刹那

许多事情

总是在经历过以后

才知道

得失　从来就由不得自己

生命　本是一种缘分

谁看谁　都看不过百年

SHENG MING DE WEN DU

日 子

无论什么日子
行色匆匆的人群
喧嚣的长街和瑟瑟的冷巷
生活　在浮沉跌宕中爬行

那一切伟大的　悲壮的
响彻云霄的誓言
是个　传说中的镜中花
看得见　摸不着
倒影水中的月儿

年中　年终
步履下的沟壑
填不饱饥饿的肚皮
还有那些
扶老携幼的担当

优美的声线

唱响着白昼的星光

随岁月　更迭

却未能　卸下肩上的负荷

填满眼中的苍茫

相信未来

我相信未来
未来的每一次呼吸
都是自由的徜徉

我相信鸟儿南归的那天
花草芳香
我相信蝴蝶破茧的那刻
满天星光

我相信未来的天空
白云朵朵
是甜蜜的棉花糖
我相信未来的草场
鲜草上扬的
是冲破泥土的倔强

你的眼里，没有天使

在你的眼里
没有天使
绝情冷漠的蚯蚓
只能盘踞于那
潮湿黑暗的空洞里
扭曲地爬行

唤不醒的感动
否定了对她的亏欠
你说情感必须转换
只因你
终于辜负了那个爱你的人

夺取生命的紫眸
失去了原有的光华
浮悬在迷惑的兜兜转转里
乍现出
空虚的水泡

无知的猎人
只能嗅到招摇的外表
贪婪中虚幻的眼神
昂笑着钻进了生命的黑匣子里
灵魂飘飘

那只被拔光了毛的秃鸟
背负着灵魂的空壳
惶恐中
找寻那不小心遗失的羽毛
鼻尖上的渴望
被无情抽掉

如果
能用冰去稀释阳光
请用笑
去书写最美丽的凄美和无奈
无尽的绮梦早已散去
剩下的
只是那只玻璃杯底留下的残红

而在你眼中
天使又能算得了什么

穿过黎明

我吟诵着春天对我的加冕之词
称赞着飞花对我的敬意
我洒落堆积在眼眶里的难受
抛却了后背的烙印

趁着天明出发
不在迷雾里抽搐
用奔跑隔开混沌的清澈
颤巍巍的摇摆
化作流脓的伤口

等候着子规的哀愁
待它从耳畔划过
黎明将会向我招手
流过高山的绿树
展翅在高傲的天际里
冲破那层　阻碍天亮的屏障

江 南

遍寻不到的清茶淡酒
悄然邂逅
城门上吹起号角

堤上的柳絮
窗前欢唱的风铃
丁香花轻喃细语
油纸伞向我走来

江南烟雨中的青草香
我不再停留
远方
月近黄昏的淡漠
断肠人的天涯
青衣瘦马的漂泊

临摹的日子

泼墨的山水画
要怎样收藏雨打湿的青瓦
容纳半吊子的繁华

长安城
人来人往无人识
金榜题名
依旧磨不过岁月的峥嵘

为你织好身上衣的糙手
在你归来前抹掉泪流
熟悉的乡音扛着颤动的咽喉

她用沾灰的针铲锅麻
你用遒劲的点横撇捺
一笔一画
人生的酸甜苦辣
临摹的日子如沙

赤　壁

无限制的死循环
缠缠绵绵的哭诉
卸下闸门
佯装着惨凄凄

流了多少日日夜夜的雨
伤了多少来来往往的心
苏堤一抹笑
嘶吼着葱茏的垂柳

淫威下的主权
铁骑成为从容的看客
叶脉里镌刻的鼓点
不慌不忙

落叶的情话

惨烈的战争中
也是浪漫的
生命之树是绿色的

你问我
明天有没有太阳
我说
太阳太大，我看不见

疲软的血液
冒进深邃的大地
寻访着落叶的情话
烙着火红的祈祷之手
孱弱地询问生命

奈　何

无数的蚂蚁在喉咙骚动
撕心裂肺
牵扯蒙昧的双眸

古澹的钟楼
敲不出卡西莫多的哀伤
千古岳阳楼
浩然一叹我邀苏轼共婵娟
明月不暖我肠

南方的艳阳天
不许我哭的大雪纷飞
谁说我无病呻吟
无人能解乱麻

旅　行

捻着不熟悉的味道
翻炒着黏稠的思念
密密麻麻的回忆
小提琴琴声悠扬

小楼昨夜的东风
搀扶着照片
那一张张乐谱
追忆着时光里的艳羡

执念追逐着我
助力我意淫里的饕餮
撩起我下一站的倾心

年　轮

历史醇厚的霉味

鼻腔缴械投降

迈过一轮轮岁月

留下一深一浅的划痕

沧浪与礁石的缠绵

低调的一起一伏

听着明月爬过晚霞的枝头

细霞撩打着灌木

渗透着

体悟着

生命蹿升的模本

那些不经意的厮守

比起安排得体的遇见

精彩些许

红 蔷 薇

一朵朵　点点滴滴
有一份生长的希冀
在初夏的时节开放

谁知道你的情意
阳光下灿烂的情怀
风雨里依恋藤枝
唱一曲浪漫的情愫
绘一幅生命的风姿

一颗坠落的心不忘春天
一片永恒的情不忘夏季
在秋风黄叶里感怀飞舞
在冬日凋零里心碎飘逝

一朵朵
红红火火
是你无限的情意

意的栖居

用慌乱而笨拙的手
接下被篝火染红的天空
世界已停顿
耳边剩下你急促的呼吸

想窥我心海的消息
欲语还休的眼神
如风辗转
如云变换
如春雨般缠绵

柔情堆成的字典行距
润湿了那双迟疑的眼睛
带露的玫瑰　含羞乍放

太阳在炽热中慢慢长大
银河里波光粼粼
就让习惯黑暗的眼睛
习惯光明吧

画　你

在墙壁上描出你的影子
心绪蔓延寄思在恍动的影里
暗夜　我呼喊着你的名字
用你的名字来卸去无名的寒冷

路灯下
梧桐叶串落水晶般的珠帘
你为我撑开一把遮风挡雨的伞
如那片绽放的荷叶
带给我一方晴空

透过迷雾
缩紧在你怀中
急促的呼吸里
你润泽的目光
是我今生的半圆

醉　眼

我知道
你的眼睛有比数星星更惬意的陶醉
我知道
你的情怀有更独特取予经典的浪漫

昨夜滂沱大雨
此刻泪眼带醉
皆因你的微笑
和等你下一次的相遇

水

最柔软的你
无限欢畅的漫游在人间
包围一场干涸
聆听一场雨夜

最浪漫的你
席卷了恋人的眼泪
化作恒久的钻石
扣住两颗相思的心

最温暖的你
彻骨寒夜的蒸腾
化开结冰的手指
去画一幅春天的图
再唱一曲
哼不完的清平调

油 菜 花

一滴清亮的雨露
化开我污浊的眼睑
睁开的全新世界
被整片的金黄征服

袅袅升腾的油菜花
卷起收获的裤脚
打湿了我嘴馋的味蕾

住满幸福的摇篮
只愿在里面做一个长长的梦
永远不会醒来

随着油菜花轻盈舞动
哼着丰收的童谣
欢呼雀跃地呼朋引伴

深南大道

风情万种的火舌
吞噬着深南大道的独特气韵
带着脂粉感骄傲吟唱

明眸皓齿的纯纯眼波
高楼遮不住的瞭望
那片眼帘倾泻下来的清爽
使迷途成为了追逐的远方

收纳盒里的丝巾
舞动着光电的浪漫
一股暖流偷偷流浪进来

住在南方的深圳
不知疲倦地吮吸她的气息
那种闻所未闻的美丽
已让我深深陶醉

城　市

水在雪中隐忍
春天还未到来
便要拒绝融化

缺水的城市里
窒息的感觉是那么可怕
风干的鱼鳞
催化着生命的尽头

努力一跃
试图纠正城市的差池
隔夜的眼泪
余温涌上来

有关城市的描红与粉饰
在崩塌的那一刻
消失殆尽

天 窗

仰着头望向天
天被玻璃圆顶挡在外围
我听见那苦苦的哀求
轻叩被风雨蚕食的白色

遥望本是一种相思
洒下的光辉透进闭塞的心房
揉搓着阳光里的无望

与生俱来的穿透本领
一缕缕久违的温和不断倾泻
开着苦涩玩笑的玻璃
也孵化出笑容

黄灿灿的金粉
扑打着脸颊
涌上来的温暖
在沉缓的鸣奏中
坠入时间的隧道

寻　找

情绪不安宁
一直在耳畔躁动
参差错落的钱币
滴答滴答作响

阳光起起伏伏的躲藏
那些追日的独鸟
祈盼着永生的配偶

躲避不了黑暗
何尝逃避白昼
落在六便士上的月光
叨扰着眼眸里的涣散

月光与月光重复交杂
吉他与吉他疯狂弹奏
在寻找诗意的巴士里
举一杯红酒

把美藏进漫无目的的闲逛
把诗句重新书写

月下痴结

电话声击穿了心中平静
脸上泛起几丝霞光
慌乱而笨拙的手
颤抖着羞涩的慌张

星星璀璨的夜晚
月色已悄然成熟
霓虹散发着诱人的妖娆
顾盼之间
想浸入你的胸膛

摆动着声响的钟
淡化了月光的身影
天使收起双翅
孤独的小鸟
木然垂下了双眼

书桌上疲惫的玫瑰

幻想与渴望写成的失落

潜入梦中

不知是谁留下的沧桑

树　叶

在枝尖的顶端舒张
呼吸着高处新鲜的艳阳
挑逗路过的微风
对话歇息的云团

装过树干的心事
扇过天空一个巴掌
它观望麻雀的小心翼翼
嘲笑自己的身不由己

理所当然地在深秋离开
在空中打着沉郁顿挫的节拍
拍打了水面却惊不起一滴浪花
仅涟漪懒散地散开

情花犹如毒酒

没有把握的圆弧
是天边的月儿
甘于忍受着黑暗
执着清晨的阳光

情花犹如毒酒
淹没了眼中的清秀
看不到边际
不可自拔的守候

城市霓虹里
轻歌曼舞的流连
嬉戏无意的周旋
隐藏着泣血的韵味

天荒地老的传说
憧憬中的美
召唤里人老珠黄

支离破碎

日升日落
是那个誓言的约定
天涯海角
风吹起停足的家园

柔啼婉转的鸟语
报出了季节的变更
昏暗迷离的灯光里
隐现出爬涉中的距离

风中歌唱

莫名的渴盼

推开了喧闹的人群

黑夜的星星

频送着多情的秋波

模糊的心弦

尘封着昔时的晴空

梦幻的丁香

唤醒了沉睡中的鸟儿

淡紫色的光

透出了期望的眼神

船桅的挺立

是我不变的依靠

你的臂膀足够

支撑我疲惫的身躯

你的胸怀足够

容纳我颤动的心灵

你为花蕊添露
构造出短暂而美丽的绮梦
你说你要在风中歌唱
去看那跳跃跌荡的风铃

依旧是那条不变的古道
任日月光华的慰抚
也抹不去
风雨带来的侵蚀
和创伤

犹如满心忧愁的老人
咏诵着故乡的语言
匍匐在地平线上
用心灵的号啕
呼唤着春的回声

双 月 湾

夏季的燥热有点黏稠
秋季的朔风锐利又利落
落单的大雁撕裂一半的云朵
成群的鱼仔活泼了一池藻落

石阶泡在穿越了几千年的岸边
淡雾浮上池面
沐浴后的晚霞极致的温柔
抚着山庄与田野
静谧了氤氲的气流

浮色覆染世间万众
民谣萦绕街巷上空
晚钟重叠
催眠了夕阳
唤醒了星空

野

她不追求自由
她本就是自由
不在意穿的是木屐或是革履
她知道她脚下踩的是大地

她爱听雨的叮咛
喜欢搅拌无精打采的懒阳
会照料坏脾气的蝇蚁
挑逗木讷的榕树

她追赶潜入地平线的圆弧
也会截住赶路的风
陪她呼吸天空的湛蓝
细数苍空的星幕

挣 扎

枷锁没有表情
所以不比你狰狞
被扣罪的嘴脸总是显得血腥
莽撞的言语
无措又支离破碎地抗拒

哭　拧　咆哮
结果是迎面的嘲笑
面具永远比真面来得有效
被禁锢在可触的狭小里自由
然后对自己嘶吼

承认就被涂上颜色后融入
否定就被推搡到死角
微笑　大笑　前仰后合
笑声的回音
自己知道

凝　结

是谁独倚栏杆
还在望
江水不分昼夜流淌
月光勾住过往
靠岸的小船随波漂荡
想起你临走时的模样

夜未央　梦微凉
思念乱
月光透过窗
扯长独影
无人小巷瓦房路上
落在青苔上的霜
凝结不言不语的伤

拥抱寂寞

一千个日日夜夜
风中
远眺
瞩望

一千个日日夜夜
风里
苦思
冥想

一千个日日夜夜
孤独
流连
徘徊

一千个日日夜夜
幻想
飘浮

跌荡

一千个日日夜夜里
你——
可看到
春花雨打
夏莲渐黄
秋月云卷
冬雪严寒

一千个日日夜夜里
你——
可看到
月黯昏光
星辰退隐
浪涛翻腾
心在呐喊

一千个日日夜夜
一千个日日夜夜里
我——
拥抱着寂寞

滩　涂

时间研磨着灰蓝色的天空
心像沙漏一样般渗透着苍白的空间
积压了太久的郁闷之情
在风雨飘摇中颤抖

很久以来
以为缄默便能化作透明
惭愧的是
佯装给了自己一记耳光

任泪水吞噬我的双眸
肿胀、充血
也终抵不过盐渍留下的滩涂

相互守望

两朵木棉，一起
一起悬在枝丫上

雨露装点着他们的光泽
阳光谱写着他们的光辉
时而，俯瞰
时而，仰视

彼岸的我
屏息着妖娆的你

兜兜转转的哭泣下
打乱了恣意生长的步伐
原本共同吮吸的露珠
变成难以企及的温柔

最后
它先于它一步

炽　热

头顶悬着的怪物
给人以莫名的压迫感
烫着你的脚底板
烧灼你的绯红脸庞

鬼鬼祟祟的枯叶
在阴凉处纳凉
与世无争的闲情雅致
在交错的叶脉中流淌

万物沸腾的季节里
池水永远不会呐喊
泥地只会造作
人心只会沉溺

鼓噪的空气分子
莫名激动
一不小心

堵塞了鼻腔

远处响着的鸣笛

给我一剂冷颤

夜　寂

最后一抹夕阳被地平线敛起
热闹的　喧嚣的　消于宁静
牧牛与孩童的剪影忽隐忽现在田野的那端
灯火星星点点地点缀林野的木房

知了声声催促着夏末
微风挨着余热
与灶台的热流交织着
那是焦躁的心唤着断肠人的温度

倚在草木香的窗台
朝看不清的路的尽头张望
发丝在风中悠扬
托着轻柔的思念拍打脸庞
望眼欲穿

爱的心语

喜欢你的身影
风中洒脱的飘逸
如春岸的柳枝
拨动着心湖的涟漪

喜欢你的声音
仿佛一首轻远的典曲
夜深的寂静中
盘旋脑海呢喃的回音

喜欢你的手指
轻柔抚过我的面庞
正如黑暗里那一束光
罩住我疲惫的身躯

喜欢你的轻吻
细语耳鬓的猜谜
融入血液中的悸动
牵出爱你不变的心语

与杜鹃共舞

缓缓的脚步声中听到你迟来的脚步
六月里挡不住的骄阳
在山丘里
在谷地上
种下了绽放的杜鹃花

树荫下
湖水边
迎着微风翩翩起舞
连绵不绝如灿烂的繁星
在银河里闪闪发光

粼粼的波光里
幻画出那个辛酸的故事
欢喜与悲伤演变的奏鸣曲
遮掩了人们的欢欣

我展眼看到了一万朵云

起伏颠簸在欢乐的舞蹈中
涨满欢喜的心
和杜鹃一同翩翩起舞

莲心似雪

泪水

充盈在眼圈里不停地打转

想　告别那梦里的烟霞

风里的尘埃

昨日的美玉暗淡了最初的光辉

灰暗的天空里

再也找不到那颗曾经共同命名的星星

心灵的冬天来了

漫天的雪花轻轻地飘落

洒在我的手心里

渐渐地融化了

那融化的是你的心吗

是谁

还伫立在曾经停留的地方轻轻地呢喃

无助的心

挽不住虚拟的美丽

脆弱的灵魂承受不住太多的痴情
心灵的网线断了
生命里曾经不舍的眷恋
最终迷失于昨天群星闪烁的夜空
飘浮　　跌荡

疾风过后
带走了一春风絮
乍现痴情的邂逅
犹如生活中的肥皂泡一样
绽放时就注定了破碎的结局

思念如风
莲心似雪
人生最美的风景是心灵春天里盛开的花卉
最灿烂的一刹那
谁可以
永远守住春天的黄昏

这是一个美丽的错误吗
或许是一个错误的美丽吧
在心底尘封的
是那场风花雪月的美梦
此缘本不属于我
离去的总要离去

千年的佛座上依旧有一朵莲静静地盛开
我知道
——那是你
那朵盛开在千年雪山上的雪莲
是生命里祈祷的一曲心灵颂歌
你听到了吗?

渴　望

我渴望永恒的生命
跳动的心脏
鲜活的张扬

我渴望未来的未来
奇异绚烂
每一个梦都是一场旅行

未知的国度
幽深的小巷
城堡中悠扬的音乐
巧克力融化的甜香
我渴望永恒的美

千变万化
在世界的中央

古　井

吱呀的木门哀怨锈色的铁闸
青苔雀跃
挤满开裂的凳面
年轮爬出了木桩
蜘蛛赖上土墙角的纱网

古井一声不吭
默许了杂草碎花的依附
地底的死水是它沉寂的城府
井眼外的变迁
是它拦不住的无助

枯木依旧直立
共一切旧物
停滞成墓

单　程

散风戏雨
雨不解风情
左躲右避着撞入泥泞

泥怀揉雨意
窃喜
未闻身旁静默的倾心
浸润无息

蜷曲　掩埋　钻寻
蚓轻侵土地
觅
空降的注定

叶揣着心事细数光阴
腐身入泥
交融
心满意足却满眶寂忆

进了它的极地

怦然入世
惘然相遇
恍若心有所向早被设定
自嘲
唯独单程的票根能被攥在手心
奈何空城无应
独守空地

母　亲

家乡的炊烟有奇特的温暖
热乎的特产有邻里间的人情
傍晚街头　有人们沐浴后的淡香
夕阳的那头　有我从小就期盼
你晚归的剪影

想抚平你的细纹
听你的絮絮叨叨
你泡一杯清茶
过滤掉城市在我身上留下的尘沙

你懂得我所有的嬉笑怒骂
安静地倾听
又将安慰织进给我的毛衣
你的柔情藏在你的白发苍苍
藏在眼角的笑纹
藏在岁月的角角落落里

送别时

你那在寒风里招摇的银丝

绑架着我的双腿

钝在原地

却依旧说不出口

我爱你

光 阴

物是人非事事休

朦胧的垂坠感撕裂着咽喉

早去的夕阳

哆嗦的嘴唇

祷告着即逝的飞鸟

生活是一件着急的事情

浓妆艳抹参加每一场平淡

惨戚戚挥着白旗

夜来了

驱散着白日

看不见远方行进的疯狂

轻抖抖身上的烟尘

飘散到了鼻腔

肩　膀

我知道你结了痂的地方
那是对于生存的叹息
否定世俗的谄媚

你知道我每一次深夜的啜饮
看见你的呼吸
生命的担子会轻些

知交这词太腻
君子太清淡
作为彼此的俯瞰
不论悲欢
一律包揽

枯 竭

摆出来的事实
骷髅般亮堂堂
明知道已无话可讲
交错的手指捏着尴尬
并肩的人早该离散

言字底的誓
言字旁的诺
在你无言时全部沉默
你的生硬令人窒息
我的客套打着自己耳光

枯竭的心像铁皮在自然脱落
锈迹斑斑
勾搭着过往
告诉我你只是过客

意　志

我是宇宙的精粹
傲然独立的个体
每一个字
是我竭力泼洒的气度

不容忍丝毫摇摆
在踌躇的眼角摆出我的姿态
不屑于未知对我的顶撞
在明媚的阳光下恣意我的娉婷

每一寸烟火的逝去
我都一一记录
代表着惊艳
代表着迥异

生的意志
让我坚不可摧
硬挺着　每一束直立的年岁

皱　纹

阳光在缝隙里挣扎
勤快的风擦过
将泥垢陷入低沉

童年对青春说了再见
青春对中年说了再见
百转千回里
呐喊着退去的潮汐

热闹地驱赶着无眠的夜
时钟伸长脚
滴答着不安分的躁动

那些浪漫与理想
不再追逐
斑驳的皱纹
许诺下来世的光临

立　冬

秋风簌簌招摇而过
牵着旧时光的马匹
裹挟着惺忪的尘埃

痕迹斑斑的马路
催促着路人的趿拉
挥着皮鞭
笃定地拉住落地的苍叶

冬天立下墓志铭
硬生生刻上冷峻的脸庞
锉刀刮着鱼鳞
宣泄的黏液封印了残阳

眼角拉开一扇窗
紧一紧久违的大衣
风住了进去

时光正好

冰冷的发梢
飘在冰冷的空气里
请时光
收容我的微笑

能否邀请我来做客
悄悄待命
让那过世了的悲哀
在这里消融

世界失明后
泪水流出的是暖意
黑暗的姿势
会让我喜出望外

今天
时光正好
在风里摇曳
在梦里招摇

黑　夜

坐落在时空的城堡里
眼看群星变得萧条
凝视着窗外的瞳孔
渐渐靠近

碎了一地的玻璃
躲避在幕布后
流出轻缓的梦幻

北风吹出直立的嫩芽
在匆忙的天地里注入素雅
打了光圈的谷粒
用空瘪写着单调

苍茫的转换间
我成了宇宙的附庸

钻进冬的被窝

冬，终也
絮叨了大半年的惆怅
贴在微小的光芒里
慢慢萎缩着血脉

眼里还燃烧着绿意
手中怀抱着热烈
梦里画着娉婷的红叶
打了一个寒颤
冬，窜进了我的袖口

几块黑煤感念着季节的殷勤
辗转反侧
转念一想
春天就在冬的影子里

为　你

抱着冰冷的热情
储备着心里的干粮
为你
我千千万万

无处安放的灵魂
漂白着空气里的尘埃
为你
我千千万万

翻过人山人海
在无穷无尽的书堆里
我只为寻你
为你
我千千万万

那年花开

那年
路过的花朵在笑
清道夫扫除了一张少女的脸
采撷一朵芬芳
压在颤巍巍的枝头

认真的模样
在风里凝成一股万钧之力
穿越到了娇俏的花园里
蔓延着浓浓的烂漫

那年
花开的味道很迷人
渐隐渐现的舞蹈
娉婷袅娜

我　们

你应该是一场雨
我应该是一束光
你滋润我
我照亮你

前方细雨微茫
走过春暖花开
看过荷塘月色
闻过秋高气爽
陷入银装素裹
雪花夹带着思念
你在哭泣

太阳终于含羞带怯
我来了
春天来了
花开了一树绚烂

欲　望

白皙通透的皮囊
殷红樱唇微张
复有袂千尺
一笑百媚生

纤手轻挑
猩红的眼拥挤推搡
急不可耐
掉落一地脊骨
拖着一身血脏
爬行　蠕动　贪婪

嘴角上扬
俯看起泡的暗红淤潭
黏稠　恶臭　不堪
你若是腐朽
我便是永久的高不可攀

我　想

我想拥有一个婚礼
在没有三原色的世界里
用尽最后一口叹息
唏嘘所有幸福的幻觉

黑色吻别了天际的鱼尾纹
白色阉割了瞳孔的草莽
终于结束未曾开启的假想

我想拥有一个葬礼
等哀叹的余烟融化了
开始我的婚礼

今天我二十岁

二十岁的我在枝头一笑
嵌入发梢的玫瑰花如此招摇
二十岁的我一身颤栗
来自远方的墓志铭可怕的回响

二十岁的我想着二十岁的我
童颜没有对岁月回报
二十岁的我想着八十岁的我
巧笑倩兮，安稳世事

重　生

像藤蔓一样苟且群居
皮相淡若无痕
却又焕然新生

一枚灵魂印章
敲进朦胧之眼
泥石流捞出混沌的颜料
涂抹在苍白的脸颊上
未铺满余生的尾音

没有希望的瞭望
找一个出口
回到正常

沉潜其心

天空扯下一匹洁白的布
熨烫着洁白的心
霜降寄来回信
告诉他我的哀肠

薄如蝉翼的灯光
絮絮叨叨
抚平着缱绻的心思

针脚走在年轮上
踩出朵朵心的莲花
浓浓的秋意
给奔走的心一摞安宁

疲 倦

一片一片，又是一片
无情的扫射着混沌的双眸
冷酷的秋意
将归根的落叶冻结

闯不出的结界
一笔一画泼洒着荒芜
华丽的喧闹
避不开苍白的轮廓

黑色如你
白色如你
悄悄扼杀三原色的精彩

浓墨重彩的演绎
避不开心的荒芜
牵绊的狭小世界
终要
脱缰

勇 气

横冲直撞的无知无畏
少年时
就对离别桀骜
散落的烟火
给天空迸射了惊叹号

暮鼓晨钟从风里走来
波涛起伏的平行线里
交织不出破茧
在缺失的光阴里
输给光阴

采撷一颗青梅
咀嚼那已逝去的勇气

仓 皇

见白鹤驾着紫红色的云雾
杳然而去
俯仰之间
已为陈迹

我与黄昏孤守
那刻满隶书的脸颊
正与大冈撕扯

蝼蚁寓居大树
可得始终
蜉蝣隅居浅滩
繁衍着

单枪匹马的我
只剩下发了霉的梦
在仓皇稽首

老人·黄狗

待全村炊烟散尽
留个破烟斗烧着天
没有人和他做伴

年老失修的黄狗陪着
用不了多久
老头与黄狗会乘着烟里的星火飘走

第一次
黄狗全身的毛直勾勾地立起来
看着　要戳瞎人的眼
戳出天的一个窟窿

老头靠着黄狗
黄狗嗅着老头
等待着……

渺　小

风扯着烟酒嗓
颤抖侵蚀着躯壳
茫茫的天地
一遍遍哭诉
瓢泼般打在脸上

铿锵里行进的雾霭
朦胧处发育的孤高
血脉里喷张的凄厉
乌有
化为乌有

妥协这世人的苍白
摄进孤独的烟
吐出剥去生命的精气

意难忘
荒良年

寂寂无人

斗胆问空杯
借饮一口味道
苦哉

清口百味
浮世可绘
踮着脚抓着彩云
抚平皱巴巴的光晕

奈良辰终不许我
郁结的年轮
指点怆然

毒　瘤

白发爬上来的时候
分娩了他

扎在心室旁
饮着你的血
不罢休
还要抽干你的灵魂

白日扼杀黑夜
血肉蚕食苦果
永生钉在靡肉上
宣泄着洪流里的超脱

我 和 你

我爱你　就如我热爱我的梦
你　占领了我的天空
沦陷
沦陷

牵着你的微笑奔跑
画着你的铃音昂首
捧一束麦穗
吹过四季的白雪

指尖的清香逃亡
梦里的棉花崩塌
悲伤捋成一股挣扎

天空中的爆发
炉壁中的湮灭
重生的玫瑰
仰望天涯

还是一样的月

明亮没有暖意

清凉　寂寥

悬挂的是冷傲

灵魂是摇摆着的伤痕

走过你曾经爱的地方

嘴角的弧度是我害怕碰触的冰棱

却又渐渐爱上这种恐惧

纵使花开美似画卷

也敌不过这流水的年华

缘起缘灭

叹世事无常

无奈

落花残尽

月未斗转

空久独斟

画意缠绵
与明月相邀
与影三人为伴
终究是我负了那画卷

榫　卯

两块木头
用钉子钉在一起
它们只是两块木头

当木匠把多余的部分凿去
一凸一凹
木头便有了阴阳
有了思想
有了情愫

它们也有了新的名字
榫卯

声音书房

一个熟悉的称谓
寄居着情感与幸福
随生命漂移

盛满眼底的关注
从来没有南疆北界
地域沟壑
乡音的划分

坦然倾吐着那些
喜欢的　烦恼的
憎恨的
把一切厌恶
扔进了啤酒罐里的空洞

温暖如春的耳语
漫过心海的馨香
让世界宁静

宁静在那近在咫尺的温暖
浮现出脑海深深的记忆

汇聚文字里的声音
把生活中所有的坎坷冲淡
让自己感觉到
就是那枝争春的花朵
美丽而自豪地绽放

寂寞烟花

开了
绽放的笑容
点缀着星空的冷清
装扮了寂寞的美丽

散了
耀眼的绚丽
如仙女泼洒的花雨
丝丝点点浓情厚意

坠了
生命的结局
给予人间刹那光辉
在含笑中飘逸逝去

爱的求证

思念　弥漫在夜雾的迷蒙里
满世界都是你的气息
如千里的相隔
让我变成脆弱的游丝
钻进细细的电话线里
用纤纤的听觉
感受你如丝如缕的温存

你哭了吗？宝贝
难道我篝火的话语
照不亮你午夜漆黑的瞳孔
你迟疑的咳嗽
为何哽咽在我的喉咙

我把心掏了出来给你吧
你开了天眼仔细看看
碟子上那枚
血红的西红柿

廉　价

皮革的刺鼻味钻透暗房的每个角落
蚊蝇四处逃窜无法喘息
伸向污水的手被无数次浸染
心脏跳动着微弱的光
抓取着皮革沼泽里的铜板

残肢断骸放弃挣扎从树上坠下
疲惫抹去了表情
农人一磕一磕地捡拾
一份份铺张暴晒成干柴
一根根码起捆绑成摞

劣质的香水搔挠着鼻腔
密集的毛球起满被铺
泛黄的衣领磨蹭着脖颈
蟑螂的虫卵粘着橱柜的角落

出　发

晃过十几年的拉扯
终被刻成能自己做决定的模样
路过有指示牌的十字路口
才遇到野路分叉的径口

细品一口未有过的焦灼
安定了不安分的冲动
保持缄默
终于可以好好倾听胸口的汹涌

马蹄声招呼着时间那头
潮汐依旧拍打夜空
抓住血液里跳动的脉搏
把渴望看清
用热泪盈眶盛开一路的花丛

渴

沙漠的蜿蜒有始无终
生机总玩失踪
驼峰的惶恐黑白交融
蹄下音频紧绷

像被上天捉弄
每寸草都心事重重
云烟笑意朦胧
它们总是有恃无恐

被拍打上岸的鱼无所适从
心脏超重
眼前的泡沫没能挽留
鱼尾失控

邮　件

一个眼神有多少感慨
路过在十字街头
一转身才发现江湖浩荡
你却绕过浩瀚支起我的梦

邮件在念头里公转几周
被强制压在床头
不期而遇到事过境迁
中间只隔了场空

星辰必定沉重
承载过多少寄托
感谢你又陌生了
也不再会是负荷

海　洋

海的蓝是天的蓝
海的生气是天的沉寂
漫天星光灰飞烟灭的那一刹

海张开等待已久的怀抱
波涛汹涌着叫嚣
日月星辰散落
被吞没

海是温柔的光
初阳在地平线上冉冉升起
天的蓝是海的蓝
旭日张扬
在海的明眸里

明　天

从明天起
我将启程
远方星河灿烂
空洞是我的致命吸引
我将踏上归途

告诉每一个擦肩而过的路人
星月斑驳了的过往
流年未带走的远方

愿每一个眼里有星光的路人
都能巧遇他的幸福
就如同我
漫步向我的归途

云

云是风的思念
流随着耳边低语
悄悄来到你的身旁

云是心的流浪
应和着蝉鸣阵阵
遥望触不到的远方

云是花的梦想
变换着生莲舞步
绽放在纯白的天堂

云是我的朝向
念想着种子抽芽
含苞欲放的花骨朵

伤 离

你许我一个梦境
然后在人海中隐逸
心裂了千层
一片片剥离
像你离开的声音

杳无音讯
决绝得像凋零的昙花
连若即若离都不及
你给我一阵阳光表示安慰
就此替我送走泪滴

我扶起你舍下的我
替你安慰
替你祝福
替你拥入怀里

黑 与 白

昼挽扶着夜
踏着冗长的时间线
匍匐的　褴褛的
被疲惫不堪牵绊着的黑
沧桑的　无言的
内外交困无力填补的白

黑与白在琴键上和谐
谱着悲歌或是庆贺
指尖淌过音乐
催眠了悲伤
唤醒另一个世界

放　晴

被雨带走的思绪来不及收回
晃荡到半空
附上林木的松香
悠悠忽忽地被放晴的天
送上丝缕光线
柔柔放回

阳光穿越云层
被枝叶割碎
再细密地盖上地上的枯叶
抬起头　闭上眼
光击穿眼皮
将暖色传达到眼

叶间的积水坠入暖阳
发出深沉的扑通
在坑洼溅起细碎的阳光灿烂
在瞬间烘干沉郁的心情
跟着天空一同放晴

远　方

捂着空落落的胸膛
想用远方的诗歌填满
日子在有些分裂
麻木着感知
灌输着平凡

那言出必行的威风
更像场演出　像个宣告
不知道观众是自己
还是玄乎的旁观

到底哪里是远方
那到底是真实的存在
还是幻想
那到底是我心中的朝向
还是他人眼中的正确方向

那 座 山

在太阳升起的那端有座高山
它见证第一缕阳光
观望变迁的小城
那儿载着我的念想

潮湿的声音在山谷回响
混淆了岁月
激荡起茫茫上空的回想
风靡了过往

它替我收藏了回忆
驮着所有小城人家的挥之不去
却依旧浸没在轮回的光束里
安之若素

咖　啡

人们穿行在写字楼的长廊
匆忙却无望
没人知道他们到底有没有方向
像咖啡跟着搅拌旋转

我躲进自己的隔间
看着杯中沉浮的茶叶
却依旧能闻到浓郁的咖啡
他们是被喝下的咖啡支起来的吗
没有正确答案

我拿着一杯咖啡
站在休息间接水
他们打着招呼
闪现笑容后的面容
又被麻木攀附
不停反问自己
到底是不是同类

拒绝阳光

拒绝阳光
在无雨的长夜
锁紧了茫然与孤寂
迷雾里沉重的脚步声

是禁锢于古堡中的热情
拖动长长的锁链
无望地徘徊幻想
渴望塔顶自由的呼吸

忏悔的泪
终究未能修复焚毁的石梯
于是便沉沉睡去
只在嘴角挂一抹玫瑰色的微笑
而将无尽的憧憬埋在心底

醒　目

我把足够的心思
藏进侵浸了暖暖地所的红薯
本想就那样化一团沃土
助不知名的花儿草儿蓬蓬勃勃

却因你的灵秀双眸的倾城一顾
让我到了激情的火炉之上
置身你发烫的话语之中
从里到外都那么暖和
越来越熟哦越来越软

我终于睁开了我的醉眼
亲爱的　我午夜倾诉你可曾收到
冷风都盖不住红薯的香气哦

你　画

就那样舞蹈着影子
于你热辣的关注
就那样涌动着心潮
于你天籁般的气息

就那样定格成你的远景
在你一个指头的轻点之下
画吧你画吧
我的一切的一切
都源自你亲手的构建

流泪的巴蜀花

滴落的泪
绽开成无色的花朵
丝丝缕缕的期盼
点点滴滴的憧憬
孤寂蹒跚的旅途
印满了辛酸的步履

只有星星
照探你沉重的秘密
只有月儿
静听你悲戚的雷鸣
你把生命写在希望上
却用忧愁作了青春的标本

子　夜

当阳光透过云层照着身影不再流浪
而月儿却完全隐去面庞让人思思想想
子夜　为你写一首诗
向你说着情怀

心里　种下深深的思念却如何向往
心之旅在寥落中企盼那醉人的芬芳
感觉天涯海角的孤寂却在回头遥望

于是　梦在永恒不变中传来朦胧的歌声
看那路漫漫雨飞扬走向未来的时光

读　你

冉冉的日出
傍晚的雾霭
古老的月缺月圆
流行的情天恨海
用生生世世去解读
却无法承载

读你，用心的颤动
读你，用情的恋爱
从一分心的荡漾
到你不变的情怀
就是那闪烁的星光
在深邃中荡涤尘埃
发梢的轻灵
睫毛的风采
一段诗句的欣悦
把相思在迷蒙中揭开

读你，用爱的呼吸
读你，用意的存在
把你的美丽细细品味
把你的思绪梳理妆台
一分淡淡的幽香
把交织的飞鸿带来
血液的流淌
岁月的更改
无数渴望的日子
在梦幻中轻轻摇摆

读你，点点的相思
读你，用默默的期待
蒙蒙的夜晚
抛开心情故事的无奈
用你摇动的身影
绘出多姿的色彩
在细细春风中解读
永恒的存在

月神的使者

祈盼月神的爱怜
期待的眼神里隐藏着惶恐的不安
你姗姗迟来的脚步由远至近

我看见
你的俊秀
是株未沾上世间尘埃的百合
散发着沁人心脾的清香

你的笑容
是那样的绚烂耀眼
笑容里
是绝对想象不到的成熟与无邪

你的身影
那令人着迷的身躯
包裹着一层善意的银光
散发出

跳跃澎湃的激昂

你的面容
稍带含羞的面孔
美丽的肌肤
女儿般的红唇
胜似潘安

你的才华
潇洒自如的谈吐
口若悬河的风趣
奔腾如海的豪迈不羁
如泣如歌的诗情画意
胜似子健

我醉了
陷入了万劫不复如天堂般的地狱

心——
已被你俘虏
只要你露出那经意与不经意的一笑
我宁愿就此死去

你是月神的使者
带来晨风中的紫霞
印在了我的脑海里

主宰了我的心灵

像火，生命里的那束光

无人喝彩

放开心境给自己冲一杯
不要伴侣不加糖的咖啡
嘴角的余香
品味出人世的沧桑

苦咖啡
诉说着无人捧场的凄凉
忆起了曾经的海誓山盟
还是释怀着过去曾留下的浪漫

岁月何其短
人生何其长
来一杯咖啡怎样
即使没有伴侣没有糖

纵然咖啡会冷
再来一杯怎样
无人喝彩

我依然活得灿烂

再来一杯不加糖的斋咖啡怎样
心境依然带泪
依然彷徨

为你写诗

为你写诗
我在清冷的月光下细数以往
为你写诗
我在残缺的童话里编织绮梦

为你写诗
我的诗篇里灿烂多姿
为你写诗
我的诗篇里馨香带泪

班长，走好

弹指间　你留下的记忆
如银河里点点璀璨的繁星
弹指间　你留下的音容
依然凝聚在夜半的孤灯下
牵动起碧草盈盈

循着你的手指
泉水般节拍叮咚敲响
耕耘着干涩的青苔
崛起片片馨香
绽放在季节的印痕里
让踏青人满载欢欣

流星刹那
黑云掠过
纷纷扰扰的梦忧河上
那轮如钩的明月沉寂
只留给我依依的眷恋

眼眸里缀满了无奈的叹息

班长……走好……
你穿透的行间里
墨香依然
班长……走好……
喧嚣的人群中
你不再回头　我不再相送

风过无痕

恍惚地过着我的日子
透着好奇而驿动的心跳
回眸的眼神被你牵住

瞬间浮现的绝
慑去了我的魂魄
慌乱的心
牵绊在对你的爱慕中

灰灰的天空是你的外衣
彼此留下的回忆
伴着风吹开的云
滑向心情树林的深处

我是一个容易满足的人
哪怕只做一颗潇洒的流星也好
为的是能勇敢的靠近你
在你的怀抱中渐渐逝去

风起了　云没了
花开在你灿烂的微笑中
一如我的忧伤般
层层淡开
隐没于颓废迷乱的都市
沉醉于灯火辉煌的灿烂

不同轨道的星
只能彼此遥望着欣赏
风过无痕　即使有痕
那也是
——我的眼泪

触　角

我用声音作触角
沙哑、婉转
嘴唇贴着下雨天
张合着绵密

天空的干净
钳住黑暗的闸门
让我还能够精致

没有了避难所
探出的触角
成为了我遮蔽的布料

探索着未知
探索着答案
探索着窗明几净

秋　意

我躺在秋风的脸上
看着秋蝉舐舐泥土的冷峻
风在我耳旁招摇过市
没有血色的阳光在我脸颊肆意攀爬
每一口呼吸
挑战着我炽热的心脏

我敞开秋送给的风衣
伫立在冰河世纪那一头
看着阑珊的秋意被席卷

惜　别

仿佛
如同一场梦
如此短暂的相聚
一阵春风轻轻柔柔吹过后
记忆里
依然有你熟悉的笑容

不曾
回眸昨日的雄言
不曾
停足开放的七彩
走得如此坚决
留于耳边悠悠回响的
是书生昔日朗朗的高亢

别忘了
山谷里寂寞的角落
野百合

也唱咏春天

愿真实的世界
给你一片蔚蓝色的天空
自由登高
展翅翱翔

一切曾经的洒脱
一切曾经的豪放
飘逸风中
像太阳里的那道光环

镜前更衣
愿望早达
眼前的这片乐土
依旧
是你绽放嬉笑永恒不变的故居

月光夜梦

滑进了夜的深处
月是梦的牵绊
触动的思绪
激情悬浮在炎炎的气息里
昨晚比今天的太阳更加灼热
颤抖的空气暗含着的渴望
天外的那池水
是梦中燃烧不尽的源泉
在这个淡淡月光的夜晚
驶向了瑶池的梦想号

拖带月光的微风掠过岸边的草坪
闪出了簌簌无语的呻吟
幽深的小路上
灵魂千百次徘徊于无助的孤独
守候在月光轻洒的路上
那不甘潜藏在水底的鱼
在月光的牵引下
穿过那暗夜的涌流

在某个猝不及防的边沿
打破了沉静里矜持的规则

川流不息的人们
相遇是冥冥之中的必然吗
梦被另一种意念击中
在无法阻拦延伸的渴望里
忘却了现实
隐秘在迷恋里战栗不安的眼神
让灵魂自愿地放逐
在茫然无措的状态下
不曾陌生的感动
心痛并着快乐
尽管明白
那极有可能是一次致命的邂逅

双眸流露出深邃的目光
平实　坦诚　率真
那是无可抗拒的柔情
稍稍迟疑的目光转向你
看到了你臂膀里坚毅的力量
躁动不安的灵魂
打开了迷惘中梦牵魂绕的结
躺在你的臂弯里沉睡
再次感觉那体贴的呼吸
如诗一样优雅而绵长

有一个地方

清晨拨开你惺忪的睡眼
沁人的芬芳叫醒你
齐腰的青草拥抱你
有一个地方
深爱着你

我想做一只绿色的虫
这样
我就可以带着生命的质感
融入你的血液

其实我知道
你只是想让我做回自己
在不完美里
浪迹天涯

荔园金秋

秋风飒飒
荔园的金秋
一切都是丰盛的
哪怕是落叶
也从容地张开双臂
扑向大地母亲的怀抱

天空近似透明
漫天雨花
洒落于地面的彩石上
一任灵性
遁迹在最自然古朴的景致中

卸去芜杂的钢筋森林
尽情享受着清新的空气
此时　心无旁骛
此刻　无牵无绊

寂静的夜色

寂静的夜色里
我穿过了空旷的原野
甜美气息
是
风中传来淡淡幽清
泥土
纵容了一切堕落的生长

云在夜色中漂移
就这样
跟着你走进了黑暗
心中
没有方向
小草
肆意地生长

黑暗中的植物
扑朔迷离面带忧伤

停下
祈望
笛音
蝉鸣

柔软若绵的手
弹指间
俘虏了我的视线
倾听你
空虚的果实
我开始闻到它们的气息
凉风中的火

夜风
触摸我的发丝
狂乱吞噬我的肌肤
冰凉的手指
无力推开
闭上双眼
不愿意看黑夜
冷风

颓丧
想掉泪
想逃离
仰天长叹

凝视到了天边的那颗星
惊喜
优美的笛声幽幽飘近

黑夜
辗转难眠
寂静的夜色下
那片沾满了雨滴的玻璃心
终于悄悄地哭了……

车如挚友

朝着太阳追赶
路在脚下得以伸延
"千里江陵一日还"不再是梦想

驱车缓缓驶入风景怡人的山间小道
透过车窗柔和的风
轻快的音乐融会在郁郁葱葱的树林中

在这个属于自己的小空间里
车因人而更加有灵气
人因车而倍感有活力

霓虹触感

（深圳明思克航空母舰）

碧蓝的天空下
仰望着你高高的机库舱
想捕捉你战场上不为人所知的一幕
我丈量着你宽阔的跃升甲板

惊叹你游弋于西太平洋
印度洋的震撼
抚摩着你依然傲慢的峥峥铁骨
我一次又一次地追寻你辉煌的曾经

搁浅于都市的灯红酒绿
和平号角已把你点缀得眉飞色舞
透过这霓虹折射的浮华
我更惊讶你穿越历史沧桑后
那坚韧的容颜……

南 澳 岛

落日的余光洒在蔚蓝的海面
宁静的港湾早已渔舟点点

赤足蜿蜒细软的沙滩
感受着一次次潮水的袭来
任凭海浪舔食封闭的脚丫

篝火暗了
奔涌的海涛一波波拍打着礁石
晶莹剔透的浪花随之翩翩起舞
它们用海枯石烂的神话
演绎着隽永而悠长的神圣

小桥人家

骄阳暴晒
仿佛空气中流动着火焰
岸边的小桥人家
却像画一样惹人心醉

繁花满树的小屋下
青草悠悠
柳叶拂波的小桥上
莺啼蝶舞

看小桥下鱼儿喋喋戏萍
无穷的活力在此展现

闻歌踏青

莺歌鸟语
我在这里踏青
为找寻那只等爱的知了
我构画了生命中不再单调的颜色

天上的风筝早已逃离征途
这里　却只是个驿站

自 然

最深情的告白
来自大自然的厮守
行过太多的路
闯了太多的江湖
当我面向自然的时候
我出了一口最长的气

忧愁和烦恼像是知了
在每一个失眠的夜里哭闹
我递去一瓶消音的解药
却是徒劳无功

虔诚的求佛在自然的深谷里
我把自己镶进去
那一刻的心静得抽离了肉体

自然把我铭记
帮我吹走了心里的浮沉
仿佛我得到了生与死的永恒

酒 窝

世界的喧嚣被那梨窝征服
抚平来自违和感的创伤
风穿过那抹撩人的春色
女孩唱着景色里的歌谣

来自上天的恩赐
不露春色的从远方驰骋而来
映衬着春日里的桃花
穿过肌肤
收拾麻木的心情
徜徉在飘着微笑气味的世界

把一切最恣意的生命力
藏在酒窝里
躺在梦的轨道上
赶走一切似是而非的梦魇

龙华展翅

惊鸿一瞥间
五年光景
带着他的澎湃搅动着空气里的氤氲
是谁在耳边的呢喃软语
催生了时代里的巨人

怒放的生命里激荡起的宏伟诗篇
是勤勤恳恳龙华人民的壮举
历史的最强音
挥着柔情的水袖
妩媚着祖祖辈辈的惬意安适

漫漫雄关现英雄本色
滔滔江水泛起诗情画意
洒下热血的土地上
升腾起雄伟壮阔的蓝图
从边缘走到了中轴
竞走于康庄大道上

乘风破浪之际
掀起欲与天公试比高的豪情
满怀激情与活力
晕染开满园春色

深圳火烧云

我把我一生的炽热
融进美好的天际

灼烫着鎏金的釜鼎
散落下火花的魅影

我就在这里
不即不离　无声无色
把我的幻影和梦
编织在夏蝉聒噪的鸣叫里

热烈着
奔腾汹涌着
欢脱恣意潇洒着

太阳成为我的纤夫
拉走我在枝头栖息的闲暇
推进属于火的瀑布里

大块大块的斑驳
映红了情人的脸颊
洗刷了喧嚣的寂寥
大地
服服帖帖地沉静

我，就是这样

我——
就是这样
剪着短发
提着黑色的手袋
穿着紫色的外衣

我——
就是这样
忙忙碌碌
每每面对新挑战
奔波中有满足感

我——
就是这样
我行我素
不拘别人的言语
默默为未来打拼

我——
就是这样
无拘无束
笑看人生的起伏
倾听世界的声音

我——
就是这样
开心愉悦
喜欢网络的点击
同样喜欢巧克力

我——
这是这样
春夏秋冬
守候生命的季节
轻舞飞扬的旋律

在别处，遇见更好的自己

——评陈丽诗集《生命的温度》

周思明

作为中国改革开放的窗口与试验地，深圳这座城市一直都不缺乏创造的激情。外界都以为，深圳的创造激情，只是局限于经济的范畴，至于文化，只能让位于内地一些大城市了。不过，经过近40年的发展，深圳的文化、文学，其实并不输于中国其他大城市，就其文化创造、文学写作的激情而言，恐怕没有任何一个城市能与她相比；尤其新世纪以来，深圳的文学创作者仿佛一夜之间从地上冒出来一样，人数之众，作品之多，令人瞠目！以前说，深圳人走在大街上，随便哪一个都可能是老板、经理；现在似乎也可以说，深圳人走在大街上，随便哪一个都可能是作家、诗人。

深圳是个竞争的城市，大小机会多，年轻人居多，他们血气方刚，精力旺盛，对诗歌写作有着本能的热爱与冲动。有人担心，深圳的商业氛围、逐利文化会多多少少影响其诗歌的特质。其实，这种担心纯属多余。深圳诗歌无病呻吟的少，有感而发的多，不喊口号，不尚浮华，注重心灵抒写，折射时代风潮。深圳的快节奏生活，催生了诗人们的诗写特性。在深圳诗人共同体当中，身份复杂，诗风前卫，作品多彩。譬如，近期推出诗集《生命的温度》的深圳创业者陈丽，她的诗作就颇具个性风格，甚至与她的身份形成较大的反差。知之者，会觉得她是个有点小资的女诗人；不知者，会把她当成精于算计的女老板。在外人看来，这两者很难形成一个有血有肉的共同体。但事实恰恰相反，它们恰恰有机地统一在陈丽女士的身上。

我曾在人民网、《特区文学》《羊城晚报》《南方都市报》《深圳特区报》《晶报》《深圳晚报》《宝安日报》等网站报刊读到陈丽的诗作。就我的鉴赏经验而言，陈丽的诗歌质地是纯粹的，优雅的，没有污秽，不尚粗莽。谁说会经商的就写不好作品？

诗集《生命的温度》，是作者多年来用真挚与热爱写就的诗篇。诗集彰显了作者对大自然的崇敬、对人性的探索、对生命尊严的敬重、对美好爱情的向往，是诗人在纷繁市井生活中所激发出来的如潮心声，字里行间充满着缪斯的遐想，回响着时代的涛声，时时叩击着读者的心弦，让你不得不联想和慨叹。

打开诗集，诗人娓娓道来的"繁花尽开的故事/如天边闪烁的星星/如影随形/心照不宣的共鸣/我们走在自己的路上/用柔婉细腻的声音/慢品细读着这个/只属于自己眼底的风景/简单、纯洁/坚柔、自然/遥相呼应着昨天的记忆/引导我沉浸在燕唱春声的意境/对生命迸发出浓浓的眷恋/真切的感染/由远而近/在会心的感悟里/握紧双手/用彼此的呼吸把沿途照亮/生命的温度/它隐藏在弯曲的时光"（《生命的温度》）。诗歌语言的沉静，衬出了诗人幽远的心境，一下子就把读者的心攫住，让我们跟随这充满情感潜流的诗句走向黎明的远方。以至于"我愿意把思念/洒进这条潺潺的小河/在静静的月夜/默驻在小河旁边/凝视着用我的思念/铸成的　难忘的影像/把我的心/升华在高远的星空/天上闪烁的星星/把我的心/缀成你最喜爱的淡雅素衣/披在你的肩上/轻吻着你/安慰着你/温暖着你/我的灵魂便/闪动着优雅的翅膀/翱翔在这　用思念连接的天空/在晨光中迎接朝霞/去照探/那略带羞涩的喜悦/和那　清逸脱俗的美"。小河、月夜、星空、素衣、灵魂、翅膀、天空、晨光、朝霞……诸如此类的事物，如同珠玑落入玉盘，悉数收入读者的视野，让我们对大自然的静谧与优美，充满了憧憬和心仪。它们恰与诗人"为稻粱谋"的劳烦打拼形成巨大的反差，也无形中流露出诗人对于喧哗与骚动滚滚红尘的厌倦与躲避，而将自我的心灵探向那辽远幽静的理想伊甸园。

读陈丽的诗歌，不难感知其切合深圳的文化/文学风格的审美特征。深圳的诗人群体以70后、80后诗人为主导力量，相比某些内地城市，这种新兴的文学、劲吹的诗风，日趋强大，方兴未艾。以陈丽而论，其诗歌创作呈现出来的水准值得关注。也许是生活境遇使然，陈丽的诗歌不像某些底层诗人那样，粗粝、尖锐、激愤、刺耳，而呈现一种幽静、深潜、均衡、圆润的审美风格境界。这种诗风，起码让人读起来不难受，对于心灵是一种慰藉，但又不是廉价的心灵鸡汤，更不是麻痹神经的杜冷丁。陈丽是一个青葱勃发的诗人，生活在深圳这个青葱勃发的城市，她还没有度过需要诉说排解的年龄。她的诗作特质显然属于浪漫抒情型，她的诗歌写作相对比较纯粹，就是内心想要抒发，与所谓的高效务实完全不搭界，她也不靠写诗赚钱，完全是为自我的心灵寻找一块安静清洁的栖息地，这让我想到自己年轻时读普希金诗集的安静感受。

论证陈丽的风格不难。比如这首："女人/像一首小诗/如诗的女人/满腹里有永远也写不完的小秘密/女人/像一朵小花/如花的女人/晨雾里向大地吐露着透骨的清丽/女人/像一滴甘露/如露的女人/阳光中娇弱却显现出无瑕的透明/女人/像一朵白云/如云的女人/把冉冉的浩瀚编织成漂亮的彩衣/女人/用柔如朝阳的心/解冻着千年冰封的凝珠/女人/用细如蚕丝的心/打开了闭锁心中苦寒的结/女人/用圆润无力的手/耕耘着绚烂多姿的芳草地/用白玉纤纤的指/烹饪着春夏秋冬的气息/女人/如花朵般娇艳/女人/似白云般高洁/她用一颦一笑砚墨/用快乐和惬意/写满了 茵红的日记"（《女人》）。陈丽的诗风与她的名字无异，属于美学范畴上的优美。我们知道，美学概念上的优美和壮美属于两种不同形态的美。优美作为美的一般形态，以和谐、协调、一致、均衡、统一为特点。优美的本质属性是和谐。在它的内涵中，必然和自由、主体与客体之间均处于协调和完善状态。在外在形式上，它呈现为柔媚、优雅、纤巧、秀丽、飘逸、安宁、淡雅的美。优美能给人轻松、愉快和心旷神怡的审美感受。

从自然的角度看，优美是人与自然的和谐统一；从社会的角度看，优美是人与社会的和谐统一。比如此前我提到，陈丽的诗歌不追求粗粝、尖锐、偏激、刺耳，而呈现一种平和、幽静、深潜、均衡乃至圆润、美好的境界，恰好基本吻合美学概念上对于优美的规定。陈丽的诗歌显然不是壮美的。壮美不同于优美的表现形态就在于，它是以雄浑、刚性、壮观、粗糙、怪异、迅疾、巨大为特点。壮美的外在形式常突破或违背形式美的法则，给人以惊心动魄、振奋精神、开阔心胸、激情荡漾的心理和生理感受。陈丽的诗歌更不属于崇高，因为崇高是美处于主体与客体、自由与必然的矛盾激化中，它具有一种压倒一切的强大力量，是一种不可阻遏的强劲气势，形式上往往表现为一种粗犷、激荡、刚健、雄伟、坚韧的特征。作为一种美的形态，崇高广泛地存在于自然、社会和艺术作品中。

有意思的是，陈丽的诗风在和谐中也有偶尔的不和谐闪现。就是说，她也有近乎悲壮的情绪抒发。比如她写道："无限制的死循环/缠缠绵绵的哭诉/卸下闸门/佯装着惨凄凄/流了多少日日夜夜的雨/伤了多少来来往往的心/苏堤一抹笑/嘶吼着葱茏的垂柳/淫威下的主权/铁骑成为从容的看客/叶脉里镌刻的鼓点/不慌不忙"（《赤壁》）。奇怪吗？一点也不。诗人的这种"偶尔露峥嵘"，让我想起鲁迅先生评价陶渊明："就是诗，除论客所佩服的'悠然见南山'之外，也还有'精卫衔微木，将以填沧海，刑天舞干戚，猛志固常在'之类的'金刚怒目'式，在证明着他并非整天整夜的飘飘然。"诗人，只有不守成规，求新求变，锐意突破，才能在别处遇见更好的自己。

周思明

中 国 文 艺 评 论 家 协 会 会 员

广东省作家协会文学评论委员会委员

深 圳 市 文 艺 评 论 家 协 会 副 主 席